ZUMA,
TRAGÉDIE
DE
M. LE FÉVRE,

Jouée à Fontainebleau devant LEURS MAJESTÉS le Jeudi 10 Octobre 1776, & représentée à Paris par les Comédiens François le Mercredi 22 Janvier 1777.

Hæc illa potior quæ jacentis miferita est,
Dulcemque fponte præbet benevolentiam.
Facit parentes bonitas, non neceffitas.
Ex PHŒDRI Fabulis.

A PARIS,

CHEZ la Veuve DUCHESNE, Libraire, rue Saint-Jacques, au Temple du Goût.

M. DCC. LXXVII.
Avec Approbation & Permiffion.

A SON

ALTESSE SÉRÉNISSIME

MONSEIGNEUR

LE DUC D'ORLÉANS,

PREMIER PRINCE DU SANG.

MONSEIGNEUR,

Ce premier hommage de ma
plume étoit dû à VOTRE
ALTESSE. Ses regards
rallument en moi une lueur de talent

prête à s'éteindre. Paris vient de confirmer les espérances qu'ELLE daigna me donner sur l'heureux effet de ma Tragédie, & ce n'est qu'en m'efforçant d'obtenir de nouveaux droits à l'estime publique que ma double reconnoissance pourra s'acquitter.

Je suis avec un très-profond respect,

MONSEIGNEUR,

DE VOTRE ALTESSE SÉRÉNISSIME,

Le très-humble & très-obéissant
serviteur, LE FÉVRE.

PRÉFACE.

AVANT de faire, au sujet de *Zuma*, quelques observations que les circonstances rendent peut-être nécessaires, je dois m'accuser devant le Public de la légèreté avec laquelle je fis imprimer *Cosroès*. Cette Tragédie eut quelqu'éclat au Théâtre; elle ne manque pas d'intérêt, il y a dans son ensemble de ce que les Peintres appellent du *grand*; le style même n'en est pas sans chaleur; mais il est si rempli d'incorrections, de métaphores mal soutenues, souvent même d'obscurités, que toute l'indulgence du Lecteur pour un ouvrage échappé au feu de la première jeunesse, ne peut me sauver du reproche que je me fais de l'avoir exposé dans cet état au jour de l'impression. Je l'ai depuis beaucoup travaillé, & je ne me croirai justifié qu'à sa reprise, si toutefois elle n'éprouve pas les obstacles qu'il m'a fallu vaincre pour parvenir à faire représenter *Zuma*.

Je n'ose me flatter que ma nouvelle Tra-

A iij

gédie foit tout-à-fait exempte des défauts
reprochés à la première. Faite avant les repré-
fentations de *Cofroès*, reçue à la Comédie,
vers la fin de 1767 ; il n'eft guères poffible
qu'elle ne fe reffente pas de l'inexpérience que
j'avois alors : cependant, comme j'ai pu la revoir depuis fa réception , je ferois impardon-
nable fi le ftyle , qui feul peut faire vivre un
ouvrage , n'en étoit pas plus foigné.

C'eft ici le lieu de détromper une partie du
Public fur l'effet de ma repréfentation de Fontainebleau : on répandit dès le lendemain que
Zuma y étoit tombée. Huit jours après , je me
hâtai de rendre un compte fidèle de l'effet
qu'elle avoit produit : on ne crut rien de ce
que je fis imprimer , on s'obftina ; & je fentis
qu'après neuf ans d'attente il falloit encore
dévorer une humiliation. Ce qu'il y a de vrai
pourtant, c'eft qu'à l'exception d'un feul moment du quatrième Acte elle fut applaudie à-
peu-près aux mêmes endroits que Paris vient
d'approuver; que le cinquième Acte fut fenti ,
& que les applaudiffemens continuèrent après
qu'on eut baiffé la toile. J'avouerai bien qu'ils

étoient foibles ces applaudiffemens, qu'aucun éloge ne m'a récompenfé de mon travail; mais fi je puis certifier que je n'avois là perfonne, abfolument perfonne, qui s'intéreffât à moi, doit-on s'étonner du peu d'intérêt qu'on a mis à m'entendre? Je fuis defcendu dans l'arène armé de mon feul ouvrage, on a de tems en tems jugé mes coups, quelques applaudiffemens m'ont payé des plus heureux, & c'eft à cela que fe bornoient, peut-être, mes plus hautes prétentions.

J'irai plus loin. Je conviendrai que cette repréfentation m'eft devenue fort utile. La févérité de mes Juges m'a valu d'heureufes corrections. Je crois de bonne-foi qu'il y avoit au quatrième Acte un mouvement gauche, dont je leur dois l'apperçu. La conféquence eft que je leur dois un fuccès mieux établi; ne fuis-je pas payé au-delà de mes mérites?

Il m'a fallu facrifier à ces changemens une tirade que j'aurai la foibleffe de tranfcrire dans cette Préface. Elle fe trouvoit dans ce

même quatrième Acte , au moment où *Pi-*
zarre, déjà maître de *Zuma* , avoit encore forcé
Zéliskar de lui céder *Azélie*. *Zéliskar* s'expri-
moit ainsi :

Tyran, qui me ravis tous les biens de mon cœur ,
De l'équité du Ciel j'ose attendre un vengeur.
Un jour dans l'avenir luit à mon espérance ;
Où , transplantés ici du lieu de leur naissance,
Ces fiers Européens, repeuplant nos forêts
Dé leur Maître éloigné braveront les décrets ;
Où ce Monde nouveau précipité sur l'autre ,
Par le malheur des deux doit satisfaire au nôtre ,
Et voir de ses Cités sortir des Conquérans
Que l'Europe à son tour avoûra pour tyrans.
Dieux, entendez mes cris, Dieux , hâtez les journées
Qu'à ce grand coup du sort vous avez destinées ;
Donnez un prompt effet à mes vœux irrités ,
Et justifiez-vous de tant d'impunités !

Le Public a daigné m'encourager à plusieurs reprises, & j'en avois besoin; un grand
Prince a jetté sur moi des regards pleins de
bonté: je sens toute l'étendue de mes obli-

gations , & je réponds du moins des efforts que je vais faire pour les remplir.

Il est une autre douceur attachée à mon succès, & que j'aime à communiquer à mes Lecteurs. Oui , c'est avec transport que j'en fais l'aveu, je n'ai éprouvé dans cette occasion qu'indulgence , qu'amitié de la part des gens de Lettres , & de ceux même qui courent la carriere du Théâtre. Ce n'est que ma conduite qui a pu leur inspirer des sentimens si précieux pour moi, & je veux qu'ils sçachent combien la leur m'honore à mes propres yeux.

Je ne ferai point une poëtique d'après ma Pièce pour prévenir en sa faveur des Juges qu'on ne prévient jamais. Ils connoissent comme moi la difficulté de l'art dramatique : elle s'accroît de nos jours par la comparaison des grands modèles que nous sommes obligés de soutenir. Personne n'ignore, d'ailleurs, qu'avec beaucoup de talent on peut échouer au Théâtre. Toutes les ressources de l'esprit , les développemens les plus fins, les combinaisons, mêmes les plus sçavantes n'y feront rien, sans ces élans de l'âme souvent répétés, & qui vont d'abord frapper à tous les cœurs sensibles. Plaire, émouvoir, voilà presque toute la poëtique de la Tragédie. Ecoutons *Boileau*, qui passe pour être si scrupuleusement attaché aux règles :

Vous donc, qui d'un beau feu pour le Théâtre épris,
Venez en vers pompeux y disputer le prix,
Voulez-vous sur la Scène étaler des ouvrages,.....

. . . .

Que dans tous vos discours la *passion émue*
Aille chercher le cœur, l'échauffe, le remue.
Si d'un beau mouvement *l'agréable Fureur*
Souvent ne nous remplit d'une *douce Terreur,*
Ou n'excite en notre âme une *Pitié charmante,*
En vain vous m'*étalez* une scène *sçavante.*
Vos froids *raisonnemens* ne feront qu'attiédir
Un Spectateur toujours paresseux d'applaudir,
Et qui des vains efforts de votre Rhétorique
Justement fatigué s'endort ou vous critique.
Le secret est d'abord de plaire & de toucher.

J'ai bien peur de ne l'avoir pas encore de-
viné , & que ces Vers, que je rapporte fi indif-
crettement , ne foient la meilleure critique de
mon ouvrage.

PERSONNAGES.   ACTEURS.

ZUMA, veuve d'un Ynca ou
Souverain du Pérou.   *Mlle Saint-Val, l'aînée.*

AZÉLIE, fille de Zuma.   *Mlle Saint-Val, cadette.*

PIZARRE, Chef des Es-
pagnols.   *M. de la Rive.*

ZÉLISKAR, jeune Espagnol
élevé par Zuma.   *M. Molé.*

FERNANDEZ, Capitaine
Espagnol.   *M. d'Auberval.*

TROUPE D'ESPAGNOLS.

TROUPE DE PÉRUVIENS.

La Scène se passe sur une Côte déserte du Pérou.

Le Théâtre représente une forêt dont on voit plusieurs sentiers. Le fond s'élève en rochers qui descendent en pente. Dans le creux d'un de ces rocs est une caverne. On découvre le rivage de la mer dans un coin de la toile du fond.

ZUMA,
TRAGÉDIE.

ACTE PREMIER.
L'action commence à l'Aurore.

SCENE PREMIERE.
AZÉLIE, ZUMA, ZÉLISKAR.

(*Zuma sort d'une caverne qui lui sert d'habitation ; Azélie*
& Zéliskar s'avancent à ses côtés.)

ZUMA.

QUITTONS, enfans chéris, nos ténébreux asyles.
Le soleil va paroitre en ces déserts tranquiles ;
Ces feux, du haut des monts, annoncent son retour ;
Venez ; rendons hommage au Dieu brillant du jour ;

Offrons-lui de nos vœux les fideles prémices.
Il amène aujourd'hui sous les plus beaux auspices
Ces fortunés instans où d'un lien nouveau
L'hymen joindra vos cœurs unis dès le berceau.

(Ils se tournent tous trois du côté de l'Orient).

Roi du monde & des Cieux, astre que je révère,
Cache à l'œil des Tyrans ce paisible hémisphère.
Tu connois tous les maux que mon âme a soufferts :
Je ne te presse plus de venger mes revers.;
Mais, quand de ces enfans la tendresse ingénue
Sur un tableau moins triste arrête enfin ma vue,
Pour consoler Zuma, veille à jamais sur eux.
Soleil, n'éclaire ici que des mortels heureux.

A Z É L I E.

Ma mere, avec ce Dieu vous partagez sans cesse
Nos vœux & ce respect qu'adoucit la tendresse.
Vos soins nous ont gardé dans ce simple séjour
Les biens les plus parfaits, le repos & l'amour.
De vos sceptres brisés, du songe de la gloire
Perdez dans notre sein l'importune mémoire ;
Regnez sur nous. Le Ciel sensible à vos tourmens
Vous laissa plus qu'un thrône au cœur de vos enfans.

Z É L I S K A R.

Oui, Zuma, femme auguste, autant que révérée,
Qui de ma foible enfance à l'abandon livrée
Au fond de ces forêts avez guidé le cours,
Je mets dans vos bontés la gloire de mes jours.
Quels que soient les mortels dont Zéliskar tient l'être,
Il ne regrette point les lieux qui l'ont vu naître ;

Mes destins à Zuma font bien plus enchaînés
Qu'aux parens inconnus que le fort m'a donnés.
Je trouve tout en vous, ma mere, ma famille.
A ces dons précieux vous joignez votre fille,
Et vous avez pu feule, en avouant mon choix,
Prêter un nouveau charme au jour que je vous dois.
Hâtons ces beaux momens où la tendre Azélie
Va ferrer & fixer la chaîne qui nous lie.
Pour épurer mes feux, je dois, fur les autels,
Confacrer notre amour aux pieds des immortels.
Non loin de ce défert la fuite a fçu conduire
Une horde, autrefois foumife à votre empire:
Elle honore les Dieux : le fer a tout dompté
Hors la Religion, les mœurs, l'humanité ;
Prenons-les pour garans d'un fi doux hymenée.
J'en vais au Chef du Peuple annoncer la journée,
Et je reviens, fuivi de vos premiers fujets,
A votre fille, à vous, m'engager pour jamais.

Z U M A.

Avant de vous unir, chers enfans, votre mere
Vous doit de vos deftins la confidence entiere ;
Ils vous font peu connus. A vos jeunes efprits
J'épargnai jufqu'alors de funeftes récits ——
J'ai régné. Du Pérou fous mon obéiffance
Un Peuple, heureux par moi, cultivoit l'abondance.
Cet antique Océan qui borde nos climats
De l'univers jaloux féparoit mes états.
Bientôt quelques mortels précédés du tonnerre,

Barbares, que la Haine a vomis fur la terre,
Se frayant un chemin fur l'abîme des eaux
Porterent jufqu'à nous le fer & les flambeaux :
Pizarre dans nos murs les guidoit au carnage —
Un des fils de ce monftre, au printems de fon âge,
Déja digne héritier dans fa jeune faifon
Des forfaits d'un tel pere ainfi que de fon nom,
Difputant avec lui de fureurs & de crime,
Prit mon époux vaincu pour premiere victime.
Au fang qu'il répandit j'aurois mêlé mon fang... .
Mais un être facré fe formoit dans mon flanc ;
Sa naiffance à la vie attachoit ma mifere ;
Je n'étois plus à moi, puifqu'enfin j'étois mere :
Je vécus pour ma fille & vins dans ces forêts.
La fuite fur mes pas y porta mes fujets ;
Mais, toute à mes ennuis, par l'infortune aigrie,
J'oubliai, j'abjurai ma couronne flétrie.

Un jour (ce fouvenir me rend à mes douleurs)
J'errois au bord des mers, feuls témoins de mes pleurs ;
J'entens des cris : j'approche — un enfant fur la rive
Traînoit en longs foupirs fa voix foible & plaintive.
Je l'apperçois bientôt à mes pieds étendu.
Dans un coin de ce globe abandonné, perdu,
Près d'un berceau fanglant & brifé fur la pierre,
Il vivoit, ignoré de la Nature entiere —
C'étoit vous, Zéliskar : vos traits, vos vêtemens,
Tout m'annonçoit en vous un fils de nos tyrans.

ZÉLISKAR.

ZÉLISKAR.

Ah ! c'eft mon feul malheur.

ZUMA.

Furieufe, égarée
J'allois porter fur vous ma main défefpérée :
Que ne peut la vengeance en des cœurs indignés ! —
Mais vos yeux fupplians & de larmes baignés,
Vos bras tendus vers moi, votre enfance, fes charmes,
Vous prètoient à l'envi leurs innocentes armes.
Déja même accouroient, du fond des antres fourds,
Deux monftres de ces bois qui veilloient fur vos jours:
Leur inftinct, qui du Ciel refpectoit un ouvrage,
Condamnoit ma colère & forçoit mon hommage ;
L'humanité parloit.— Que fa puiffante voix
Range aifément nos cœurs du parti de fes droits !
Je vous pris fur mon fein, oubliant mon injure,
Comme un préfent de plus que m'offroit la Nature —
On dit qu'en fes combats le Chef de nos voifins
Vous ravit par vengeance à nos fiers affaffins,
Qu'il rejeta fa proie en fuyant leur pourfuite.
Du nom de vos parens ce Chef m'auroit inftruite ;
J'ai voulu l'ignorer, de peur que le courroux
N'altérât malgré moi l'amour que j'ai pour vous.
J'ai partagé mes foins entre vous & ma fille ;
Réunis dans mes bras vous formez ma famille :
Puiffé-je au moins, tranquile en ces lieux écartés,
N'y plus voir l'ennemi qui les a dévaftés !
Hélas ! je crains toujours ces mortels fanguinaires

B

Qui parcourent ce globe en dépouillant leurs freres,
Et qui vouloient changer, faintement furieux,
Notre Religion, nos autels & nos dieux;
Comme fi la Nature au premier jour du monde
N'eût pas fixé par-tout la loi ftable & profonde
Du vrai refpect d'un Dieu, d'un culte fans erreurs,
Uniforme, conftant, écrit dans tous les cœurs :
Enfans, foyons humains : c'eft le plus fûr hommage
Qu'on puiffe rendre au Dieu dont nous fommes l'image.
Vous, mon cher Zéliskar, ne tardez plus; allez
Raffembler aux autels nos Peuples confolés.
Qu'ils refpectent en vous l'appui de ma famille,
Le gendre de leur maître, & fa veuve & fa fille;
Je goûte enfin la joie & je fens que mon cœur,
En vous rendant heureux, fait fon propre bonheur.

Z É L I S K A R.

J'y vais, j'y vôle...

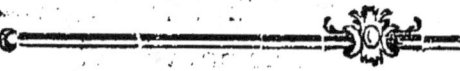

S C E N E II.

AZÉLIE, ZUMA, ZÉLISKAR, PIZARRE.

(Zéliskar fait quelques pas & voit Pizarre defcendant des rochers).

Z É L I S K A R.

O Ciel ! que mon âme eft émue !
Quel mortel inconnu fe préfente à ma vue ?

Du sommet de nos monts il descend à pas lents —
Ce front morne & baissé, ces tristes mouvemens,
Tout décele à nos yeux la douleur qui le presse.
Je sens qu'à ses ennuis la pitié m'intéresse,
Offrons-lui nos secours, notre hospitalité.
Zuma, je dois ma vie à cette humanité ;
Allons.— Hé quoi, vos yeux de terreur se remplissent !
D'on vient qu'en l'observant vos fronts changent, pâlissent ?
Quels maux redoutez-vous, objets chers & sacrés ?

AZÉLIE.
De crainte, à son respect, mes sens sont pénétrés.

ZUMA.
D'où naissent à la fois mon trouble & ma colère ?

ZÉLISKAR.
Nous honorons le Ciel en secourant un frère.

ZUMA.
Je ne puis m'en défendre ; il a rempli mon cœur
D'un sentiment confus de haine & de terreur.

ZÉLISKAR.
Hé bien ! arrachez-vous à ce désordre extrême.
Laissez-moi sur son sort l'interroger moi-même ;
Ah ! si de ses douleurs j'adoucis le fardeau,
Au jour de mon hymen quel auspice est plus beau ?
Il s'approche, rentrez.

ZUMA.
Suis-moi, chère Azélie.

Je tremble.

(*Elle se retire avec sa fille sous sa caverne.*)

B ij

P I Z A R R E.

(A part & suivant des yeux Azélie.)

Je la vois. O tourment de ma vie !
Infortuné Pizarre, où t'entrainent tes feux ?

S C E N E   III.

ZÉLISKAR, PIZARRE.

ZÉLISKAR.

O Toi, qui que tu fois , inconnu , malheureux ,
Toi , qu'un deftin plus doux guida vers nos retraites ,
Vois tous mes fens émus de tes peines fecrettes..
Les plus profonds chagrins femblent te confumer ;
Le penchant le plus cher m'invite à les calmer.
Parle. Quels font les maux qui pourfuivent ta vie ?
Nos rivages , nos bois ne font point ta Patrie ;
Cet habit & tes traits m'en font juger affez :
Mais en des lieux divers les humains difperfés ,
Qui du même Soleil partagent la lumière ,
Ne font point l'un pour l'autre étrangers fur la terre.

PIZARRE.

(D'un air fombre , & d'une voix étouffée ,
Ami , dans le défordre où fe livrent mes fens ,
A peine mon oreille a reçu tes accens.
Loin de mes compagnons jeté par le naufrage ,
J'erre , depuis un mois , fur ce trifte rivage.

Un Dieu m'y perfécute. — un funefte poifon
S'y répand dans mon cœur, y trouble ma raifon.
Noir mélange d'amour, de haine, de mifère,
Perdu fur ces climats où je cherchois un frère,
Je fuis..... (où m'égaré-je en difcours fuperflus ?
Je fuis un malheureux. N'en demande pas plus.

ZÉLISKAR.

C'eft affez pour te plaindre & foulager tes peines.

PIZARRE.

Dis-moi, quand j'ai paru fur ces roches hautaines,
Quelle femme en tremblant s'éloignoit de mes pas?
Quel eft ce jeune objet qui m'a fui dans fes bras ?

ZÉLISKAR.

Cette femme eft Zuma.

PIZARRE, *à part.*

Dieu, qu'apprends-je ?

ZÉLISKAR.

C'eft elle.

Qu'opprima, dès long-tems, l'Europe criminelle ;
Qui règnoit au Pérou. Du printems de fes jours
La gloire & l'infortune ont partagé le cours.
Sa fille étoit près d'elle, & ce bien qui lui refte.....

PIZARRE, *à part.*

Sa fille ! ô jeux du fort ! ô paffion funefte ?
Sa fille !

ZÉLISKAR.

Que dis-tu ? n'irrite point tes maux,
Viens les perdre avec nous dans le fein du repos.

Nous le tenons ici des mains de la Nature ;
Laisse amener ton âme à sa volupté pure.
Quels que soient tes chagrins, on peut les écarter.
A ma mère, à Zuma je vais te préfenter.

PIZARRE.

Ah ! loin qu'à fes regards je m'empreffe à paroître,
Je dois.....

ZÉLISKAR, *vivement.*

Sa fuite, ami, t'offenfe encor, peut-être ?
Pardonne au long malheur ces mouvemens foudains ;
Il inftruifit fon âme à craindre les humains.
Etranger, inconnu, jeté fur cette plage,
Elle n'a pu te voir fans un fecret ombrage ;
Mais tu parois fouffrir, & la douce amitié
Dans fon cœur généreux fuit de près la pitié.

(*Marchant du côté de la caverne & élevant la voix.*)

Venez, chère Zuma : ce mortel refpectable
A connu les revers ; il n'eft point redoutable.
Pour paroître à vos yeux, pour attendrir nos cœurs,
Il a des droits facrés, fa mifère & fes pleurs.

PIZARRE, *à part.*

Elle vient. Jufte Ciel, dérobe à fa mémoire
Le fouvenir des maux que lui fit ma victoire.

SCENE IV.

ZUMA, ZÉLISKAR, PIZARRE.

ZUMA.

MORTEL infortuné, ne jugez point de moi
Sur ces premiers foupçons que m'infpiroit l'effroi.
Le fort , dont je fubis une épreuve terrible,
Me rend moins confiante, & non pas infenfible.
Inutile aux humains que j'eus droit de haïr,
Pour les moins détefter j'ai fait vœu de les fuir ;
J'enfevelis ici ma famille & ma peine.
De ce monde, où jadis je marchois fouveraine,
L'Europe a fait ployer les plus fermes Etats,
L'Univers fçait ma chûte — & ne la venge pas !
Je fouffre & me foumets — vous, parlez moi fans feinte ;
Plus j'obferve vos traits, pius ils m'offrent l'empreinte
Des tyrans que je fuis , de ces Européens
Ivres de notre fang , avides de nos biens.
Dites ; les ferviez-vous dans leur complot barbare ?

PIZARRE.

Ce difcours , malgré moi , me confond & m'égare.

(Si troublé qu'il femble prêt à fe nommer.)

Zuma, vous l'avoûrai-je ? Oui, le fort vous fait voir

Z U M A.

Achevez.

P I Z A R R E.

(Se remettant & donnant le change à Zuma avec vivacité.)

Mes remords, mon juste désespoir.
Je suivis dans ces lieux, au sein de la tempête,
Ceux qui d'un nouveau monde espéroient la conquête;
La mort de nos Sujets ensanglanta mon bras.
Le Ciel pour m'en punir enchaîne ici mes pas,
Et peut-être Zuma, plus loin qu'elle ne pense,
Sur un foible ennemi peut porter sa vengeance.

Z U M A.

Je ne m'en cache point. Ce cœur trop ulcéré
De l'ardeur du courroux fut long-tems dévoré;
Sur tous vos Espagnols j'en étendois la flâme;
Mais le poids de la haine a fatigué mon âme.
Le destin sur leurs pas vous avoit entraîné.
Un ennemi qui tremble est bientôt pardonné.
Il en est un pourtant qu'excepte ma clémence,
Qui m'eût fait un bonheur d'assouvir ma vengeance;
C'est le fils de Pizarre. —— Ah ! si ce monstre affreux,
Mieux connu de Zuma, languissoit en ces lieux,
Ma rigueur pour lui seul deviendroit inflexible.
Quinze ans sont écoulés depuis le jour terrible
Où je le vis à peine, aux lueurs des flambeaux ;
Où, cherchant mon époux qu'épargnoient nos bourreaux,
Tout fier d'abattre un front paré du diadême,
De son foudre, à mes yeux, il le frappa lui-même.

PIZARRE.

Pizarre, dites-vous ?

ZUMA.

Lui, fur qui mon horreur
A de tous fes tranfports réuni la fureur.

PIZARRE.

(A part.)

Arrêtez.—De mes fens je ne fuis plus le maître.
Dieu ! peut-elle à mon trouble encor me méconnoître!

(Haut.)

Arrêtez. Je vous plains. Je ne l'excufe pas; —
Mais fi dans ce moment vous fentiez fes combats,
Tous les maux que fur lui l'infortune raffemble,
Loin de les redoubler, vous pleureriez enfemble.
Vous êtes trop vengée.

ZUMA, *avec joie.*

Ah ! plutôt, c'eft de vous
Que j'apprends, que je tiens mon bonheur le plus doux.
Cette nouvelle, ami, qui diffipe mes craintes,
Tourne enfin mes fecours du côté de vos plaintes :
C'eft de ce moment feul que vous m'intéreffez. —
Du pur fang des Yncas éteints ou difperfés,
Il me refte une fille, & ces heures profpères
Vont l'unir au mortel qu'ont touché vos mifères :
Demeurez à loifir près de vos bienfaiteurs :
Que leurs félicités confolent vos douleurs.

PIZARRE.

Il l'époufe ?

ZÉLISKAR.

Oui, l'efpoir de calmer ta tristesse
Sufpendoit un instant qu'eût presse ma tendresse.
Je vais de notre hymen réunir les témoins :
Toi, reste avec ma mère, attends tout de ses soins ;
Et que du jour heureux que fa bonté m'apprête
Aucune larme ici n'obscurcisse la fête.

PIZARRE, *avec une douceur affectée.*

Humains trop généreux, j'accepte vos fecours.
Mais souffrez que ce cœur perfécuté toujours,
Pour passer de ses maux à fon bonheur extrême,
Uu moment, loin de vous, fe recueille en lui-même.

ZÉLISKAR.

Refpectons fes ennuis, Zuma ; quittons ces lieux.

ZUMA.

Je cours trouver ma fille, & rendre grace aux Dieux,
Dont l'équité s'applique, en ce jour de clémence,
A confondre le crime & venger l'innocence.

(*Zuma rentre. Zéliskar fort par un fentier de la forêt.*)

SCENE V.

PIZARRE, *seul.*

O RAGE trop contrainte ! ô perfides bienfaits,
Dont ma honte & mes pleurs feront les feuls effets !
L'amour qui me rejette au fein de mes victimes,
S'eft donc enfin chargé de punir tous mes crimes !
Le cruel m'attendoit au bout de l'Univers.
Dans le creux des rochers il me forgeoit des fers.
Je vais tenir ici mon obfcure exiftence
Des mains de ces vaincus que mon nom même offenfe;
Et pour comble d'injure, un Amant vertueux
Sur le bien qu'il m'arrache y veut fixer mes yeux !—
Vertueux — mon rival ! lui, ce mortel Sauvage !...
Malgré moi de mon âme il emporte l'hommage ;
Mon dépit s'en augmente. —Ah ! ton cœur combattu,
Pizarre, étoit-il fait pour haïr la vertu ?
Avant que de connoître une ardeur infenfée,
Les foins de la Nature occupoient ta penfée :
Sans appui, loin des tiens, fans efpoir de retour,
Où tu verfas le fang, peux-tu chercher l'amour ?
Rentre, rentre en toi-même & te fais mieux juftice ;
Ce climat vit ton crime, il doit voir ton fupplice :
C'eft ici... Vains aveux, que je ne fens partir
Que de mon impuiffance & non du repentir.
(*Ici Pizarre parcourt le Théâtre avec les expreffions d'un*
dépit involontairement concentré.)

(Le bruit d'une tempête , qui s'eſt ſourdement annoncé dans le cours des vers précédens , éclate : le jour ſe couvre.)

Mais , quel voile ſoudain s'eſt étendu ſur l'onde !
Les vents ſont déchaînés. Le jour fuit. Le Ciel gronde.
Aux rapides lueurs que lancent ces éclairs
J'entrevois des vaiſſeaux ſur la plaine des mers.
A l'abri de ces rocs ils évitent l'orage —
Quelques Chefs Eſpagnols abordent ce rivage ;
Volons à leur ſecours. L'eſpoir rentre en mon cœur ;
Et ma félicité naît du ſein de l'horreur.

Fin du premier Acte.

ACTE II.

SCENE PREMIERE.
PIZARRE, FERNANDEZ.

FERNANDEZ.

QUE de pertes, enfin, cet heureux jour répare!
Le Ciel à nos foldats rend le fils de Pizarre.
Combien nous béniffons l'orage & les efforts
Des vents dont le courroux nous jette fur ces bords!
Mais qui peut dans vos fens fufpendre encor la joie?
D'où nait fur votre front l'horreur qui s'y d'éploie?
Vous gémiffez, Seigneur, & votre œil & vos pas
Errent avec effroi fur ces nouveaux climats.
Cet inculte féjour, cet antre folitaire
Des feuls monftres des bois femble être le repaire.
Jufqu'ici nul mortel n'y parut à nos yeux.

PIZARRE.

O mon cher Fernandez! plût au courroux des Cieux
Que Pizarre, affranchi des tourmens qu'il endure,
Aux monftres des forêts eût fervi de pâture!

FERNANDEZ.

Que dites-vous?

PIZARRE.

Ecoute & connois mes revers.
Tu fçais par quels avis ramené fur ces mers
J'ofai, livrant mes jours à leurs premiers orages,
Du Pérou fubjugué voir encor les rivages.
Par un indice obfcur mon pere avoit appris
Que le fort y cachoit le dernier de fes fils.
Il me fallut tenter d'éclaircir ce myftère :
A fes derniers momens je le jure à mon pere,
Je pars ; mais en tous lieux le malheur qui me fuit
Des deftins de fon fils femble épaiffir la nuit :
Loin de ma flotte, enfin, féparé par les ondes,
Mon vaiffeau s'enfonça dans des roches profondes,
Tout périt. Et moi feul, après un long effort,
Graviffant fur ces monts j'échappois à la mort,
Quand la voix d'un mortel y frappa mon oreille.
Sans fecours, à ce bruit, ma crainte fe réveille ;
Je m'écarte & couvert par un feuillage épais,
D'un habitant des bois j'examine les traits.
Je ne fçais quel tranfport me faifit à fa vue...
Mais, (ô d'un plus grand trouble origine imprévue !)
Une Beauté touchante accompagnoit fes pas,
Tréfor dont la nature enrichit ces climats.
Tous deux, dans la faifon qui fuccède à l'enfance,
Y refpiroient l'amour, le calme & l'innocence ;
Le Ciel fembloit fur eux verfer ces jours fereins
Qu'à l'aurore du monde il fit luire aux humains.
L'ombre des noirs foucis ne voiloit point leurs charmes.

Comme ils étoient sans crime, ils vivoient sans allarmes,
Et tous deux conservoient sur leurs fronts purs, ouverts,
Ces premiers traits du Dieu qui forma l'Univers.
Te l'avoûrai-je, ami? soit destin, soit foiblesse,
Soit vengeance du Ciel qui me poursuit sans cesse,
Ce spectacle à mes yeux présenté chaque jour
Fut un piége insensible où m'attendit l'amour.
Je me flattai d'abord qu'un sentiment plus sage
A leur seule innocence attachoit mon hommage;
Mais bientôt leur tendresse éleva dans mon cœur
Des soupirs, confidens de ma jalouse ardeur.
Sur mon jeune rival je surpris ma colère;
Son tranquile bonheur offensoit ma misère.
Cent fois j'osai vouloir arracher de ses bras....
Le respect, l'amour même ont retenu mes pas.
Enfin, depuis un mois, je vis sur ce rivage,
Témoin toujours caché d'un bonheur qui m'outrage,
Supportant tout ensemble & le poids de mes fers,
Et la faim dévorante, & la chaleur des airs
Qui, de ma jalousie aigrissant l'amertume,
Mêle une ardeur nouvelle au feu qui me consume.
Ce n'est que d'aujourd'hui qu'un trouble impérieux
M'a fait chercher leur vue & descendre en ces lieux.
Tu vois au pied des monts cette caverne obscure,
C'est dans des antres sourds, tombeaux de la Nature,
Qu'un Dieu, jaloux sans doute, a soin d'ensevelir
Les plus charmans objets qu'il lui plut d'embellir.
Surpris à mon aspect, mais touchés par mes plaintes,
La pitié qui leur parle a fait taire leurs craintes;

Sans foupçonner mes feux, leur fimple humanité
M'offre ici les fecours de l'hofpitalité :
Tant le cœur des mortels, que rien encor n'altère,
Porte de la bonté le divin caractère !

FERNANDEZ.

Vos tourmens vont finir. Puifqu'il nous rend à vous ,
Le fort fur votre amour jette un regard plus doux,
Et notre zèle...

PIZARRE.

       Arrête. Un penchant invincible
Des dangers que je cours n'eft pas le plus terrible.
L'innocente Beauté qui me tient fous fes fers,
Pour qui j'oublie ici l'Efpagne & l'Univers,
Ne doit que des refus à mes vœux qu'elle ignore;
Je fis l'effai du meurtre en fon fang que j'adore.
Contre moi de la haine aiguifant tous les traits,
Sa mere eft avec elle au fond de ces forêts,
Sa mere — ma plus grande & plus jufte ennemie,
En un mot, c'eft Zuma qui lui donna la vie.

FERNANDEZ.

Quel eft donc votre efpoir? Fuyez, Seigneur, fuyez :
Venez montrer Pizarre à nos chefs effrayés.
Vos vigilans foldats, épars fur le rivage,
Raffemblent les vaiffeaux qu'a refpectés l'orage.
Abandonnons des bois trop dangereux pour vous.

PIZARRE.

Moi, dévorer fans fruit tant de tranfports jaloux !
Moi, fuir ! ah ! juge mieux de l'erreur qui m'égare.
                    Méconnois-

Méconnois-tu l'amour & le cœur de Pizarre ?
Tu fçais fi jufqu'ici le feu des paffions
Trouva ce cœur fenfible à leurs impreffions :
Le fuperbe Efpagnol, fier de fa jaloufie,
N'apprend point à céder un tréfor qu'il envie ;
A travers les périls, par l'obftacle animés,
Nous pourfuivons l'objet dont nos yeux font charmés ;
J'aime. Je m'abandonne à toute ma foibleffe.
J'enfonce avec plaifir le trait dont je me bleffe.
De déferts en déferts je fuis las de chercher
Un frère, que le Ciel s'obftine à m'y cacher.
Ce Ciel me rend lui-même infidèle à mon père,
En m'embrâfant d'un feu qu'alluma fa colère ;
Ou peut-être eft-ce ici que fes coups plus affreux....
Prévenons-les du moins par un forfait heureux. ——
Ami, puifqu'à Zuma le tems dérobe encore
Et l'image & le nom du mortel qu'elle abhorre ;
Son oubli favorable entretient mon efpoir.
Mon rival, quel qu'il foit, fentira mon pouvoir.
Hé quoi ! leur foible amour, né fans inquiétude,
Toujours mal allumé par la froide habitude,
Triompheroit du mien nourri dans les foupirs,
Accrû par la contrainte & le feu des defirs !
Non. Je veux féparer le nœud qui les engage.
Je fens rentrer en moi ma fierté, mon courage ;
Je fuis encor Pizarre ; & leurs droits, leurs vertus
Sont, à mon œil jaloux, un outrage de plus.

FERNANDEZ.

Hé bien ! fi le hazard, foigneux de votre gloire,

De vos traits à Zuma peut ravir la mémoire;
Si d'un funeste amour l'impérieux appas
Près de vos ennemis doit attacher vos pas,
Pour les vaincre, essayez de plus adroites armes.
Par-tout l'ambition nous attire à ses charmes;
Les thrônes du Pérou sont encor sous vos loix;
Promettez à Zuma d'y rétablir ses droits,
Et méritant le prix où votre ardeur aspire,
De l'aveu d'une mère assurez-vous l'empire.

PIZARRE.

Mon trouble est éclairé par tes sages avis.
Va, recueille avec soin les armes, les débris
De mes vaillans soldats échappés au naufrage; —
Qu'ils respectent encor cet asyle sauvage ;
Il renferme un objet trop cher à mon bonheur.
Par le sang, s'il se peut, n'achetons point son cœur:
Pour résoudre une mère à m'en rendre le maître,
De toute ma fureur j'aurai besoin peut-être. —
Zuma vient. Quel désordre a paru dans ses yeux!
Laisse-nous.

FERNANDEZ.

J'obéis & revôle en ces lieux.

SCENE II.

ZUMA, PIZARRE.

ZUMA.

O QUI que vous foyez, diffipez mes allarmes,
Ces bois ont retenti du bruit affreux des armes ;
J'ai vu même, j'ai vu de farouches Soldats,
Rebuts de la tempête, errer fur ces climats.
Chez un peuple voifin, le devoir le plus tendre
A conduit Zéliskar, qui feul peut nous défendre.
Serez-vous notre appui ?

PIZARRE.

              Calmez un vain effroi.
Non, ce n'eft pas à vous à trembler devant moi,
Zuma. J'ai trop caché mon âme à votre vue.
La faveur des deftins fur moi s'eft répandue ;
Ils rendent à mes vœux, fur ces bords écartés,
Mes braves Compagnons par la mer apportés ;
Ils ouvrent un champ libre à ma reconnoiffance.
Oubliez vos malheurs, — fur-tout votre vengeance ;
Tout eft changé : le bras de vos fiers ennemis
Peut relever vos murs fous l'herbe enfevelis,
A votre augufte front rendre fon diadème.

Z U M A.

Non. J'ai senti le poids de la grandeur suprême.
Hélas ! loin d'envier ses trompeuses douceurs ,
Qui voit de près le Trône en plaint les possesseurs.
La paix que j'ai cherchée & que je perds peut-être,
La paix habite-t-elle avec les soins d'un Maître ?
L'amitié même aux Rois n'offre qu'un faux appas.
Leur aveugle faveur fait toujours des ingrats ,
Et , s'ils ont un sujet qui mérite qu'on l'aime,
C'est lui que l'on écarte, ou qui fuit de lui-même.
Du sceptre à mes tyrans n'ôtons point ces effets ;
Qu'ils me laissent ma haine & gardent leurs bienfaits.

(*Pizarre fait un léger mouvement de dépit.*)

Mon langage vous blesse ; oubliez-en l'injure.
Souffrez aux malheureux le vain droit du murmure.
Vous le sçavez assez : j'ai suspendu pour vous
Les traits que dans mon âme a formés le courroux.
Je n'ai point profité , dans vos sombres allarmes,
Des droits de la vengeance , en irritant vos larmes.
Pour m'en payer le prix , daignez de ces Soldats,
Loin de nous , s'il se peut , précipiter les pas.
L'antre des animaux solitaire & tranquile
Ne peut-il aux humains prêter un sûr asyle ?
Partez, & laissez voir à mon cœur abattu
Dans un de nos vainqueurs une ombre de vertu.

P I Z A R R E.

Hé bien ! devant vos yeux si j'ai seul trouvé grâce,
Si du ressentiment la pitié prit la place,
Pour votre fille , au moins, pour vos tristes Sujets,

D'un cœur qui s'offre à vous acceptez les projets.
Connoiffez à quel point le deftin qui me preffe
D'un de vos ennemis peut vous rendre maitreffe......
Qui ? moi, votre ennemi ! — Votre fille a brifé
Ce déteftable joug par la haine impofé.
Oui, c'eft dans fes regards que j'ai puifé la flâme
Et les fecrets ennuis qui dévoroient mon âme.....
Le trouble, à ce difcours, me confond à vos pieds.
Je baiffe devant vous mes yeux humiliés. —
A vos vainqueurs, Zuma, donnez d'heureufes chaînes.
L'amour a triomphé des plus cruelles haines; •
Qu'il réuniffe ici des bouts de l'Univers
Les cœurs que féparoit la barrière des mers ;
Qu'il défarme l'Europe; & qu'une paix profonde
Signale enfin fes traits par le bonheur du monde.

ZUMA.

Que me propofez vous ? quels nœuds ! J'en ai frémi.
Je veux bien oublier que ce bras ennemi
De nos premiers malheurs fut l'inftrument fidèle :
Mais qu'à tant d'amitié votre flâme rebelle
Difpute à Zéliskar, lui raviffe en un jour
Le prix qu'à fa conftance a réfervé l'amour ;
Que, pour payer ce cœur qu'ont ému vos allarmes,
Vous y portiez la mort, ou d'éternelles larmes ;
Ingrat, qu'à mon fecours appeloit mon effroi,
Sous quels traits odieux vous montrez-vous à moi ?
Ciel, j'ai trop préfumé de ta faveur propice —
Voilà l'Européen, fes mœurs & fa juftice !

PIZARRE.

Ainsi vous dédaignez, jusques dans leurs respects,
De vos vainqueurs soumis l'hommage & les bienfaits?

ZUMA.

Tes bienfaits !

PIZARRE.

Ecoutez. Je me retiens à peine.
Zuma, dans son sommeil n'excitez point la haine.
Je sçais quel est mon cœur dans ses vœux offensés.
Vous ne connoissez pas celui que vous blessez.

ZUMA.

Je le connois. Cruel, tu cesses donc de feindre !
Ce cœur féroce & dur ne peut plus se contraindre.
Va, pour les bien juger, de tant de fiers vainqueurs
Dans le même mépris je confonds tous les cœurs.

PIZARRE.

Non. Vous ne sçavez pas combien Zuma l'offense :
D'autant plus redoutable & prompt à la vengeance,
Qu'il n'a plus à choisir ; que, mieux connu de vous,
Il n'espère en effet qu'un éternel courroux.

ZUMA.

Quel es-tu donc, barbare ? A ce nouvel outrage,
Aux traits dont la furie a marqué ton visage,
Je crois voir..... Juste Ciel ! épargne m'en l'horreur.
Mes sens sont suspendus, glacés par la terreur.
Réponds-moi.
(*Elle s'approche & le fixe avec une attention mêlée de la
plus vive horreur.*)

Tu pâlis ! ne puis-je te connoître ?
Ton nom même à tes yeux dégrade-t-il ton être ?
Aux soupçons les plus noirs je dois m'abandonner ,
Et je frémis du nom que je vais te donner.

(*Fernandez entre suivi d'une troupe d'Espagnols.*)
Mais , que vois-je ?

SCENE III.

ZUMA, PIZARRE, FERNANDEZ, ESPAGNOLS.

FERNANDEZ.

SEIGNEUR, j'ai rempli votre attente.
De vos zélés Soldats la troupe impatiente.
Ne peut plus loin de vous contenir son transport ;
Et vient se joindre au chef dont nous pleurions la mort.

ZUMA.

Leur Chef ! puis-je en douter ? c'est le fils de Pizarre.
Ma haine m'en assûre.

PIZARRE.

Oui , je suis ce barbare
Qui fit couler ton sang & que le Ciel vengeur
Fait frémir devant toi d'amour & de fureur.
Punis-moi : tu le peux ; mais crains de me répondre
D'un aveu que ta haine employe à me confondre ,

ZUMA,

Crains que mon défefpoir ne rejette fur toi
Quelques traits de ce Ciel irrité contre moi.

ZUMA.

(*Avec la plus grande énergie & la joie la plus amère.*)
Ombre de mon époux, qui reffens ma furie ;
Vous, qu'entraîna fa chûte, ô Dieux de ma Patrie !
Mânes de mes Sujets trop long-tems outragés,
Le Ciel eft jufte, enfin ; vous êtes tous vengés;
Dans la nuit de la mort fentez encor la joie. —
Et toi, fatal appui que le fort nous envoie,
Toi qui traînes par-tout au pied de tes Autels,
L'oppreffeur, l'opprimé, tous ces foibles mortels ;
Amour ! venge Zuma des fureurs de Pizarre.
Fais porter tous tes traits au fein de ce barbare.
Il en eft un cruel, un trait que ton courroux
Plonge profondément dans le cœur des jaloux,
Qu'il l'éprouve aujourd'hui. Ma fille, à fes yeux même,
Va recevoir la main de fon rival qu'elle aime.
Qu'il en meure de rage. Arme-toi, frappe, Amour !
Duffions-nous avec lui périr tous en ce jour.

PIZARRE.

Tout mon refpect s'oublie à cet excès d'audace.
Amis, fervez Pizarre & trompez fa menace ;
Pénétrez dans la nuit de ces antres affreux.
Enlevez-en l'objet de mes funeftes vœux.
Allez tous.

ZUMA.

(Se jetant audevant de la caverne où marchent les Espagnols.)

Ah ! pardonne à sa mère tremblante.
Pardonne aux vains éclats de ma voix menaçante.
Verrois-tu, sans pitié, ces farouches humains
Sur ma fille attacher leurs criminelles mains,
Et la traînant mourante aux regards de sa mère,
Même en t'obéissant, effrayer ta colère ?
Si ton âme est fermée au cri de ma douleur,
Respecte, au moins pour toi, l'objet de ton ardeur.
C'est toi qui dans ces lieux où tu vis tant de charmes
Porteras le premier l'épouvante & les larmes :
Dans le calme des bois la faveur du destin
Sur Azélie encor n'ouvrit qu'un jour serein ;
Pizarre, ah ! devra-t-elle à l'amour qui t'engage
Des maux qu'elle ignoroit l'horrible apprentissage ?

PIZARRE.

Que me dis-tu, cruelle ? épargne ma fureur.
Dans les plus durs replis tu déchires mon cœur.
Dieu ! la voici.

(Azélie, comme effrayée par les cris qu'elle entend, sort de la grotte & va se réfugier vers sa mère.)

SCENE IV.

AZÉLIE, ZUMA, PIZARRE, FERNANDEZ, ESPAGNOLS.

AZÉLIE.

MA mère!

ZUMA.

O ma chère Azélie!
Viens à moi ; de nos bras que la chaîne nous lie :
Viens chercher fur mon fein ton unique fecours.

AZÉLIE.

Quelle horreur inconnue environne mes jours !
Où fommes-nous? qui vois-je en ces monftres fauvages?
Un fentiment affreux fe peint fur leurs vifages.
Je ne reconnois point à ces regards cruels
Les Dieux qui fur leurs traits ont formé les mortels.
Je les vois, s'arrêtant dans leurs tranfports extrêmes,
Frémir de la pitié qui les faifit eux-mêmes.
Que devient Zéliskar?

ZUMA.

Appaife tes douleurs,
Ma fille; avec les miens je fens couler tes pleurs.
Cruels, vous repouffez de fi puiffantes armes !
D'un œil tranquile & fec vous obfervez nos larmes !....

(*Les Espagnols font quelques pas vers elle.*)

Voulez-vous la ravir à mes yeux expirans?

PIZARRE, *aux Espagnols qu'il retient & qui*
s'éloignent.

Ah ! ceffez...

(*Ici Pizarre, amené par ce qui précède au plus vif fen-*
timent de la nature, paroît conflerné. Zuma le remarque,
& après une paufe très-indicative, paffe de la crainte
à la fermeté la plus intrépide.)

ZUMA.

Viens, ma fille, ofons fuir nos tyrans.

La main d'un Dieu propice enchaîne leur furie.

Viens ; l'amour maternel veillera fur ta vie :

Il fubjugue la force, étonne les efprits,

Et dans ces cœurs d'airain fait retentir mes cris.

Dieu jufte, Dieu terrible, achève ton ouvrage ;

A leurs yeux confternés tu m'ouvres un paffage,

Je te fuis.

(*Elle fort & entraîne fa fille par un fentier de la Forêt.*)

S C E N E V.

PIZARRE, FERNANDEZ,
ESPAGNOLS.

PIZARRE, *avec rapidité.*

ESPAGNOLS, c'eft à votre amitié

De me rendre un efpoir que trahit ma pitié.

Je n'ai pu de ces pleurs foutenir le fpectacle ;
A votre zèle encor je pourrois mettre obftacle.
Vôlez , fuivez leurs pas. Accordez loin de moi
Mon amour , mes remords, mes vœux & mon effroi.

(*Les Efpagnols fuivent le chemin où Zuma s'eft jetée*
avec fa fille. Pizarre , accompagné de Fernandez , fort
d'un autre côté.)

Fin du fecond Acte.

ACTE III.

SCENE PREMIERE.

ZUMA, *seule.*

(Elle doit errer sur la Scène pour peindre le désordre de sa situation & laisser échapper les premiers mots du fond des coulisses.)

MA fille !.. — O désespoir ! ô malheureuse mère !
Cruels, privez Zuma de ce jour qui l'éclaire !
Ils m'enlèvent ma fille... Hé quoi ! mon foible bras
N'a pu dans tout leur sang laver leurs attentats !
Quoi ! je n'ai pu les suivre ! — Une recherche vaine
Précipite au hasard ma démarche incertaine.
Où vais-je ? ô Ciel ! où suis je ? ?...Est-ce en ce bois affreux
Que ma fille avec moi couloit des jours heureux ?
Je n'y vois que la nuit, que l'abandon, la crainte,
Et l'horreur de mon âme a rempli son enceinte. —
Zéliskar ne vient point. Tout me laisse à mes pleurs.
Ah ! le jour qu'il me doit n'est qu'un jour de douleurs;
Qu'il fuye.—Il vient, ô Ciel ! plein d'amour & de joie.

SCENE II.

ZUMA, ZÉLISKAR, PÉRUVIENS.

ZÉLISKAR.

A VOS regards, Zuma, mon bonheur me renvoie.
Rien ne l'éloigne plus : vous voyez ces amis
Prêts à me garantir le bien qui m'est promis.
Mais mon cœur près de vous cherche en vain Azélie!
Vos pleurs......

ZUMA, *très-vivement.*

A tous les deux ton Amante est ravie.

ZÉLISKAR.

Dieux!

ZUMA, *avec encore plus de rapidité.*

Pizarre est ici : Pizarre est sur nos pas,
Furieux, entouré d'un rempart de Soldats.
C'est lui dont les soupirs trompoient nos cœurs sincères.
Connois à d'autres traits l'auteur de mes misères,
Il brûle pour ma fille, & d'affreux ravisseurs,
Loin de ses yeux cruels, ont servi ses fureurs.

ZÉLISKAR.

Le monstre! & de ses maux ma foiblesse occupée......
Que je vais le punir de ma pitié trompée!
(*Aux Péruviens.*)
A la vengeance, amis, laissons les vains regrets.

Arrachons ces rameaux , armes de nos forêts.
Venez , & d'un rival puniffant la furie ,
A fes indignes mains enlevons Azélie.

(*Il veut fortir. Zuma l'arrête.*)

Z U M A.

Mon fils , fans nous fauver, tu vas livrer tes jours :
Ce peu d'amis pour toi n'eft qu'un foible fecours.
Va plutôt à leur Chef , va porter tes allarmes.
Qu'il range un peuple entier du parti de tes armes.
Ne crains pas que Pizarre échappe à nos déferts ;
Les vents à fes vaiffeaux ferment encor les mers.
Je vais, fur ce chemin qui conduit au rivage ,
L'attendre, l'arrêter en déguifant ma rage.
L'artifice eft permis contre un monftre en fureur ;
Et nous le punirons d'y contraindre mon cœur.
Je ne te retiens plus. Va, vôle à la vengeance.

ZÉLISKAR.

Oui, je cours de leur Chef implorer l'affiftance ;
De nombreux défenfeurs je vais remplir ces bois,
Et payer tous vos foins & venger tous mes droits.

(*Il fort à la tête des Péruviens.*)

SCENE III.

ZUMA, *seule.*

IL eſt né des tyrans, mais il eſt mon ouvrage;
O Ciel, à leur ruine enhardis ſon courage,
Et garde-toi, du moins dans le fond des forêts,
Quelques cœurs innocens dignes de tes bienfaits.
　　　(*Elle entend quelqu'un s'approcher*).
Quel bruit!... Pizarre vient. Les dieux m'ont entendue.
Tout me ſert. Mes vengeurs ont ſçu tromper ſa vue. ―
Ce n'eſt pas tout encore; il peut de leurs projets
Par ſa vive pourſuite affoiblir le ſuccès.
Pour l'enchaîner ici, pour aider leur défenſe,
Prêtons à ſon amour une fauſſe eſpérance.
Le pourrai-je ? ― il vient ſeul: & de ma fille en pleurs
Je n'ai point à braver les crédules frayeurs. ―
Oui, je le hais aſſez, pour lui cacher ma haine.

SCENE IV.

ZUMA, PIZARRE.

PIZARRE.

ZUMA, le seul amour qui vers vous me ramène,
Accusant dans mon cœur mes aveugles transports,
Y joint à tous ses feux tous les traits du remords.
Maître enfin d'Azélie, heureux par ma conquête,
Je pouvois loin de vous défier la tempête,
Et libre de vos pleurs, vengé de vos refus,
Abandonner ces bois à vos cris superflus;
Mais j'ai dû sur moi-même exercer ma vengeance.
Déja, pour me punir de tant de violence,
Depuis que votre fille est mise en mon pouvoir,
J'ai privé mes regards du plaisir de la voir.
Je fais plus. Je vous rends tous les droits d'une mère,
Je crois à mon bonheur votre aveu nécessaire.
Je voudrois aux vertus vous devoir mon retour.
Terminez leur ouvrage entrepris par l'amour.
Songez que d'un refus la disgrâce nouvelle
Pour jamais à leur voix peut me rendre infidèle,
Et que du crime, enfin, les plus affreux excès
D'un remords dédaigné sont souvent les effets.

ZUMA.

Seigneur...

D

ZUMA,

PIZARRE.

Devant vos yeux par mon ordre amenée
Votre fille entendra régler ma destinée.

ZUMA.

Ma fille?

PIZARRE.

Balancez votre intérêt, mes vœux;
Et pour vous décider, pesez-les bien tous deux.
Je la vois.

ZUMA, *à part.*

Malheureuse ! ah! la plus tendre mère
Va déchirer ton cœur trop simple & trop sincère.
Que mon secret espoir m'apprête de combats !
Mais il le faut.

SCENE V.

ZUMA, PIZARRE, AZÉLIE, ESPAGNOLS.

AZÉLIE.

Cruels, où guidez-vous mes pas?
A mes yeux pour toujours ma mère est donc ravie?

ZUMA.

Non, je te reste encore, & contre leur furie
Bientôt... (*à part*) où m'égaré-je? Affermis-toi, mon cœur.

PIZARRE.

Prononcez fur mon fort. Parlez, Zuma.

ZUMA, *avec un calme affecté, mais obfervant*
fa fille de tems à autre avec inquiétude.

Seigneur,

Zuma de fes refus fent trop bien l'impuiffance.
Je vois qu'un Dieu vainqueur vous foumet l'innocence.
Pour terminer ma haine & nous donner des loix
Il vous nomme, —eft-ce à nous de démentir fon choix;
Ah! fléchiffons plutôt fous ce Dieu qui, peut-être,
Nous envoye un appui, quand nous craignons un maître;
Qui, d'un regard propice honorant nos climats,
S'eft fervi de l'amour pour y fixer vos pas. —
Daignez attendre au moins que, domptant fa contrainte,
Ma fille… hélas! fes yeux fe rempliffent de crainte!
Ah! pardonnez, Seigneur, tous mes efprits troublés…

AZÉLIE.

Qu'avez-vous dit, ô Ciel! eft-ce vous qui parlez?

PIZARRE.

Ne déments point ta mère: oui, trop chère Azélie,
Le bonheur dans mes bras t'appelle en ta patrie,
Jouis de ce triomphe acquis à la beauté
De corriger les mœurs, de fléchir la fierté,
De porter fa douceur dans une âme inhumaine,
De captiver un maître amoureux de fa chaîne.
Sur un thrône, où ta main répandra mes bienfaits,
Mon cœur infortuné par les maux qu'il a faits,

Va prendre un nouvel être & perdre ſes allarmes
Dans le ſein des vertus qu'embelliront tes charmes.
Au crime dès long-tems ce cœur fut engagé :
Mais un mot de ta bouche, & Pizarre eſt changé.

A Z É L I E.

De tout ce que j'entends tremblante & conſternée,
J'en crois à peine encor mon oreille étonnée.
Quoi ! me faiſant du crime un funeſte devoir,
Contre moi la Nature armeroit ſon pouvoir !
Des maux de mon pays je ferois le ſalaire !
Zuma pourroit m'unir au bourreau de mon pere !
Non, je n'ai point ouï ce diſcours plein d'horreur,
Et c'eſt vous ſeule ici qu'atteſte ma terreur,
Zuma ; par vos leçons à la vertu formée,
De tous vos ſentimens mon âme eſt animée ;
Soyez-en donc l'arbître & répondez pour moi
De ce cœur, dont Pizarre ôſe exiger la foi.

Z U M A.

Ma fille ! (à part.) ah ! ſi mes yeux pouvoient lui faire entendre...

P I Z A R R E.

Non, ce n'eſt point ainſi qu'il falloit vous défendre.
Ces plaintes ſur un père immolé par mes mains,
En faveur d'un rival m'expliquent vos dédains.
Dans nos premiers combats on me priva d'un frère ;
Sa perte a ſatisfait au ſang de votre père.
Mais quel eſt ce rival qu'on oppoſe à mes feux ?
Quels titres dans votre âme autoriſent ſes vœux ?
Quel rang ou quels honneurs...

AZÉLIE.

                La vertu, l'innocence,
Voilà dans nos forêts le rang & la puissance.
Je dois à Zéliskar mes plus douces amours.
Le nœud qui nous unit commence avec nos jours.
Zuma, dès mon berceau, de ses mains caressantes
Se plut à cultiver nos tendresses naissantes :
C'est lui seul... mais, que dis-je? Au moment où ma voix
D'un sentiment si juste ôse attester les droits ;
Cruel! ou ma franchise & t'offense & l'opprime,
Ou déja ton orgueil en a fait sa victime. —
Parle; comble ou détruis cet horrible soupçon,
Qui s'accroît dans mon âme, égare ma raison.
Ah! qui rassurera la tremblante Azélie?
Ma mère! —— Tout se tait. Tout m'arrache la vie!

ZUMA.

Je ne puis plus long-tems soutenir son effroi.
Va ma fille, ton âme est digne en tout de moi.
Zéliskar vit encore, & loin de l'esclavage
Ma vigilance heureuse a conduit son courage.
N'entends-je pas déja, du centre des déserts,
Le cri de la vengeance & l'effroi des pervers ?

PIZARRE.

Zuma.....

ZUMA.

    Frémis, barbare, il n'est plus tems de feindre,
Et pour mes défenseurs je n'ai plus rien à craindre.

PIZARRE.

Qu'entends-je? Ainsi, perfide.....

                D iij

ZUMA.

Hé quoi ! t'es-tu flatté
Que l'aveu de Zuma paîroit ta cruauté ?
J'ai voulu te cacher les coups de ma vengeance.
Si les pleurs de ma fille ont trompé ma conſtance ;
Je t'ai ravi du moins le tems de prévenir
Les bras que Zéliskar arme pour te punir.
Nomme cette action foibleſſe ou perfidie,
Ce n'eſt point à tes yeux que je m'en juſtifie.
Va , le nom de perfide eſt horrible pour moi ;
Mais je l'accepterois , s'il me vengeoit de toi.

PIZARRE.

Impuiſſans ennemis, quelle eſt votre eſpérance ?
De quoi peut vous ſervir leur nombre ou leur défenſe?
Soldats, vous l'entendez : prévenez leurs projets ,
Et le fer à la main parcourez ces foréts ;
Au tour de leurs vengeurs tremblans, réduits en poudre,
Déployez tous les traits dont nous armons la foudre ,
Et qu'ils jugent encore, en tombant ſous vos coups ,
Si c'eſt à leur foibleſſe à braver mon courroux.
(*A un de ſes Chefs, en montrant Zuma.*)
Vous, ôtez de mes yeux cet objet de ma haine,

AZÉLIE.

Traîtres , vous oſeriez !.... ma mère !.....

PIZARRE.

Qu'on l'entraîne.

ZUMA.

Espère encor, ma fille, & toi, foible vainqueur,
Charge mes bras de fers. Que peux-tu sur mon cœur ?

PIZARRE.

Sortez.

SCENE VI.

PIZARRE, AZÉLIE.

*(Azélie veut suivre sa mère ; Pizarre l'en écarte. Elle
recule de quelques pas, & tombe à genoux, les bras
tendus vers lui.)*

AZÉLIE.

Termine donc & mes maux & ma vie.
Ne pourrai-je à tes pieds fléchir ta barbarie ?

(Pizarre la relève.)

Tu m'entendras, cruel, au sein de mon ennui ;
Mes armes font mes pleurs, j'en ferai mon appui.
Seroit-ce une vertu, sous un autre hémisphère
Que de les repousser, de braver la prière,
D'endurcir son oreille aux cris des malheureux ?
Non, je ne sçaurois croire à ce plaisir affreux.
La pitié touche ici l'âme la plus sauvage ;
Et par-tout la Nature a le même langage. —
Ah !... J'ai vu dans tes yeux un rayon de douceur.

D iv

Ton crime involontaire importune ton cœur.

Le repentir te preſſe ; — il parle, il peut te rendre

Mon eſtime, au défaut d'un ſentiment plus tendre.

Plus de haine pour toi. Mère, fille, ſujets,

Oubliront à ce prix leurs maux & tes excès.

Pourquoi te détourner & m'envier tes larmes?

Tu crains de t'attendrir!va,ces pleurs ont des charmes :

Achève, & de toi-même heureux triomphateur,

Sois plus que mon amant, deviens mon bienfaiteur.

P I Z A R R E.

La douceur de ſa voix juſqu'à mon âme arrive.

La vertu me parloit par ſa bouche naïve.

Je me ſens entraîné..... Cruelle, gardez-vous

D'exercer ce pouvoir ſur mon amour jaloux. —

O d'un ſêxe timide inconcevable empire,

S'il commande en effet, lorſqu'il prie & ſoupire ;

S'il lui ſuffit enfin, pour diſpoſer des cœurs ,

De laiſſer de ſes yeux échapper quelques pleurs !

Non, l'ardeur de mes feux que ces pleurs renouvéllent,

Ne peut,. . . .

SCENE VII.

FERNANDEZ, PIZARRE , AZÉLIE, ESPAGNOLS.

FERNANDEZ.

VENEZ , Seigneur, nos dangers vous appellent.
Contre nous réunis de fauvages humains,
Dans le fang Efpagnol déjà trempent leurs mains.
Ils courent. La mort vôle & feconde leurs haînes.
Mais le Chef de la horde arrêté dans nos chaînes,
Et d'un jufte fupplice évitant les rigueurs,
S'efforce , en votre nom , de fléchir fes vainqueurs.
Il jure à nos Soldats , Seigneur , que cette terre,
Parmi fes habitans, renferme votre frère;
Qu'il vit encore ici.

PIZARRE.

Mon frère eft en ces lieux !
Cet intérêt facré balanceroit mes vœux ! —
Hé bien ! cruel amour , dans mon âme parjure
Tu veux toujours trahir les foins de la Nature.
Commande ; à tes fureurs mon deftin s'eft foumis.
Sépare un frère , au moins , de mes fiers ennemis.
Je dois les prévenir.

(*A quelques Efpagnols montrant Azélie.*)

Vous , répondez-moi d'elle.

Eloignons-la fur-tout d'une mère cruelle.
(*A Fernandez.*)
Toi, fais parler ce Chef, & que tes foins prudens
Ne découvrent qu'à moi fes fecrets importans.
Va, cours.

FERNANDEZ, *avec chaleur*,

Non, je vous fuis. Aux coups de la tempête,
Non, vous n'irez pas feul préfenter votre tête.
A travers les rochers, & les feux & les morts,
De fes amis en foule échauffant les efforts,
Zéliskar vient fur vous réclamer fon Amante.
Contre tant d'affaillans la foudre eft impuiffante ;
Leur nombre, à chaque pas, femble ici s'augmenter.

PIZARRE.

Marchons; il faut les vaincre, & non pas les compter.

Fin du troifième Acte.

ACTE IV.

SCENE PREMIERE.

ZÉLISKAR, AZÉLIE, PÉRUVIENS.

(Zéliskar arrive à la tête des Sauvages, encore tout échauffé de l'ardeur du combat, & conduisant par la main Azélie qu'il a déliviée.

ZÉLISKAR.

TU m'es enfin rendue, ô ma chère Azélie.
L'amour pour te défendre a veillé fur ma vie;
Partage mon ivreffe, ajoûte à mon bonheur;
C'eft à nos feuls Tyrans de fentir la terreur.

    (Aux Péruviens.)

Intrépides foutiens de nos jours, de ma gloire;
Amis, dignes amis, je vous dois ma victoire.
Dieux, abaiffez fur nous vos regards fatisfaits.
L'innocence une fois dompte ici les forfaits;
Pour la Divinité c'eft le plus beau fpectacle.

*(A Azélie qui porte des regards inquiets de côté &
   d'autre.*

Toi que j'aime, & pour qui j'ai bravé tout obftacle;
Quoi! je t'entends gémir, quand tu vis près de moi!

ZUMA,

AZÉLIE.

O mon cher Zéliskar, tout mon cœur eft à toi.
Ces dangers où tu cours pour une infortunée,
A tes vœux, à ton fort l'ont encore enchaînée :
Mais quel effroi fe mêle à ces momens heureux !
Ciel ! que devient ma mère en ce péril affreux ?
Les Dieux n'ont qu'à demi protégé l'innocence ;
Des tranfports de l'amour la nature s'offenfe.
Zuma gémit encor fous des bras ennemis,
Et de notre union fes jours feront le prix.

ZÉLISKAR.

Chère & fenfible amante, appaife tes allarmes.
Cet horrible foupçon me rendroit à mes larmes.
Va, de nos compagnons un refte encor nombreux
Pour délivrer Zuma combat près de ces lieux.
Puis-je t'abandonner ? Contre la violence
Puis-je à d'autres que moi confier ta défenfe ? —
Mais quoi ! cette Zuma qui prit foin de mes jours,
Devroit à d'autres foins fa vie & des fecours !
O partage cruel d'une âme déchirée !
Reconnoiffance ! amour ! loi contraire & facrée !
Moment de mon bonheur plus affreux que mes maux !

AZÉLIE.

Chaque inftant nous replonge en des périls nouveaux.
Plus que jamais je tremble ! ah ! fi je te fuis chère,
Plains mon inquiétude & vôlons vers ma mère.
Je te fuivrai. Rentrons dans l'horreur des combats.
Je ne redoute rien. Je m'attache à tes pas.

Dans l'appui d'un amant ma fidelle efpérance,
Plus qu'en tous nos vengeurs, a mis fa confiance.
Tu dois tout à Zuma, tes vertus & le jour:
La nature eut fur nous des droits avant l'amour.

ZÉLISKAR.

Hé bien! Zuma l'emporte & je cède fans peine
A la loi d'une amante, à fa crainte, à la mienne.
Je vais fauver ta mère; il le faut; je le dois:
Mais ne fuis point mes pas. Fuis dans le fond des bois.
Suis ces braves amis; que l'antre le plus fombre
Te cache à nos tyrans des voiles de fon ombre.

(*Aux Péruviens*).

Amis, veillez fur elle. — O généreux humains,
Vous voyez quel dépôt l'amour met en vos mains.
C'eft vous donner mon âme & mon fang & ma vie.
Il faut nous féparer. — O ma chere Azélie!
Adieu!

AZÉLIE.

Va, dans mon cœur je fens tous tes combats.

ZÉLISKAR.

Eloignez-vous, amis. Otez-la de mes bras...

AZÉLIE.

C'eft trop nous attendrir. Ne fonge qu'à ma mère.

ZÉLISKAR.

Oui, j'obéis. — Que vois-je? Un rival fanguinaire
S'avance ici vers moi fur des corps expirans! —
Qu'Azélie, avant tout, échappe à nos tyrans.

Amis, dans ce péril nous devons les attendre;
Et moins les attaquer que fçavoir la défendre.
Rangez-vous près de moi.

S C E N E II.

PIZARRE, quelques ESPAGNOLS
au pied des rochers, AZÉLIE, ZÉLISKAR,
PÉRUVIENS fur l'avant-fcène.

P I Z A R R E.

JE les vois. O fureur !
Rival audacieux, frémis de ton bonheur.
Tes dangers font au comble, ainfi que ma colère.
Je tiens en mon pouvoir le deftin de ta mère ;
Elle a par mille affronts juftifié mes coups :
Rends-toi ; cède Azélie à mes tranfports jaloux,
Au falut de Zuma fais ce grand facrifice,
Ou je vais par fa mort commencer ton fupplice.

A Z É L I E.

Ciel !

P I Z A R R E.

Sans doute elle même, à l'afpect du trépas,
Va t'en faire un devoir, va défarmer ton bras.——
Qu'elle paroiffe.

ZÉLISKAR.

Amis, quel coup vient nous confondre !

Zuma enchaînée doit paroître sur le bord d'un rocher, à une élévation médiocre, & ce nouveau grouppe doit se lier avec celui de Pizarre qui se trouve au pied des monts. Quelques Espagnols entourent Zuma. Un d'eux, plus voisin d'elle, tient une épée nue. Zéliskar & sa troupe restent sur l'avant-scène.

SCENE III.

ZÉLISKAR, AZÉLIE, PÉRUVIENS, PIZARRE, ZUMA, ESPAGNOLS.

ZUMA.

D'un ton de voix modéré & qui ne laisse rien pressentir de sa résolution secrette.

JE sçais tes vœux, Pizarre, & je viens y répondre.
J'ai bravé jusqu'ici les outrages du sort.—
Vois ce que peut sur moi la frayeur de la mort ;
Connois tout ton pouvoir.

(*A ses enfans.*)

Et vous, tristes victimes,
Qu'abandonnent nos Dieux à l'ascendant des crimes,
Si j'ai des droits sur vous, promettez de remplir
L'espoir seul qu'à mes maux cet instant puisse offrir.

Quoi que j'ofe exiger, que les fermens, d'avance,
M'engagent votre zèle & votre obéiffance.

A Z É L I E.

Ah! ma crainte les dicte & vous répond de nous.
Parlez : j'obéirai. Je le jure par vous.

Z U M A.

Répondez, Zéliskar. J'attends votre promeffe.

Z É L I S K A R.

Quoi! tu veux des fermens & connois ma tendreffe!
Quels garans plus facrés....

Z U M A.

　　　　　　Hé bien! écoute moi.
Je fuis à ton rival, mais ma fille eft à toi :
Ces monftres à ta force ont cédé ton amante.
Il refte auprès de toi l'élite triomphante
De tes plus fiers amis que rien n'a pu dompter.
Quelqu'effort qu'à tes yeux la rage ôfe tenter,
Ne te rends point. Réfifte; & conferve ma fille.
Si levé fur mon fein le fer menace & brille,
Envifage & foutiens ce fpectacle d'horreur,
Comme je le verrai, fans trouble & fans terreur.
Voilà ce que j'exige. — Et toi, chere Azélie,
Sois fidelle à l'Amant à qui le fort te lie ;
Il combattra pour toi ; que votre fermeté
Me venge, à mon trépas, d'un mortel détefté.
Le Dieu qui vous rejoint fait fon plus grand fupplice. —
Aidez fa jaloufie à nous faire juftice,

　　　　　　　　　　　　　Que

Que rien ne vous fépare, ou, s'il vous faut périr,
Confondez à fes yeux votre dernier foupir. —
J'ai reçu vos fermens, les enfreindre eft un crime.

(*A l'Efpagnol armé qui fe trouve près d'elle*).

Soldat, voilà mon cœur, frappe & prends ta victime.

AZÉLIE.

Vous, ma mère !

ZÉLISKAR.

   Et c'eft-là notre horrible devoir,
Zuma !

PIZARRE.

 Cruelle, arrête & crains mon défefpoir.
L'excès de ta fureur vient d'enhardir la mienne.
Tremble; il n'eft plus d'égard, de frein qui me retienne.

(*Au foldat qui leve le fer fur Zuma.*)

Vous, qu'à leur afpect même on l'immole en ces lieux.

AZÉLIE.

(*Elle fait un pas, comme voulant s'oppofer au coup.*)
Cruels !

ZUMA.

 Ceffe, ma fille, & détourne les yeux.

PIZARRE.

Frappez.

AZÉLIE.

(*Elle fe dégage des bras de Zéliskar, & paffe dans ceux*
 (*de Pizarre.*)
  Ah ! la Nature à fon fecours m'appelle,

        E

Et tous nos vains ſermens ſont dégagés par elle.

ZÉLISKAR, *aux Péruviens, & voulant avancer*
contre Piȝarre.

Venez, amis.....

PIZARRE.

Demeure, ou rendue à nos coups.....

AZÉLIE.

Va, je réponds de lui, puiſqu'il tremble pour nous.
En l'attaquant ainſi, ta victoire eſt bien ſûre.
Ce n'eſt point en ces lieux qu'on trahit la Nature.
Il m'aime; il ne veut pas redoubler mon effroi.
Je le chérirois moins, s'il ôſoit plus pour moi,
Et l'effort que ma crainte impoſe à ſa vaillance,
Quand tu nous déſunis, ajoûte à ma conſtance.

ZÉLISKAR.

Oui, pour ſauver Zuma j'ai dû t'abandonner.
Oui, ta terreur encor doit ici m'enchaîner.

(*A Piȝarre.*)

Mais toi, dont la menace accablant mon courage,
Tire de ma tendreſſe un indigne avantage;
Poſſeſſeur d'un tréſor que tu viens de m'ôter,
Honteux de le ravir, ôſe le diſputer.
Ecarte ſeulement ces objets, dont ta vue
Rappelle encor l'effroi dans mon âme éperdue,
Une amante, une fille & ce ſein maternel
Que je crois toujours voir ſous le couteau mortel.
Dérobe-les au meurtre, aux dangers de la guerre;

Que je ne tremble plus de voir périr ma mère :
Nous combattrons enfuite ; & du moins la valeur
Peut ennoblir ton crime , ou venger mon malheur.
Crains-tu d'y confentir ?

PIZARRE.

Je l'accepte , & mon âme
Tranquile fur le bien que regrettoit ma flâme,
Doit remettre , en effet , ta haîne en liberté.
Oui , c'eft à la valeur d'obtenir la beauté.
Eloignez-les , Soldats.

ZUMA.

Dieux , protégez nos armes.

(*Elle fort avec fa fille & quelques Soldats.*)

SCENE IV.

PÉRUVIENS , ZÉLISKAR , PIZARRE , ESPAGNOLS.

ZÉLISKAR.

Pour les jours de Zuma mon cœur n'a plus d'allarmes.
Viens m'immoler , barbare , ou périr.

SCENE V.

PÉRUVIENS, ZÉLISKAR, FERNANDEZ, PIZARRE, ESPAGNOLS.

FERNANDEZ, *se jetant entre Pizarre &*
Zéliskar.

ARRÊTEZ,
Et tremblez des fureurs où vous vous emportez.
Malheureux Zéliskar! — Vous, Seigneur, oui, vous même,
Pizarre, épargnez-vous un défespoir extrême.
Je viens en prévenir les finiftres effets.
Je viens vous dérober à de fi noirs forfaits,
Que chacun de vous deux, s'il pouvoit fe connoître,
Voudroit de tout fon fang les expier peut-être.

ZÉLISKAR.

Moi, des forfaits, grands Dieux!

PIZARRE.

Moi, fufpendre mes coups!

FERNANDEZ, *à Pizarre.*

Si quelqu'un doit frémir en ce moment, c'eft vous.
Vous fçavez de vos foins ce qu'exigeoit un père.
Au Chef de ces climats vous fçavez quel myftère
Votre inquiette ardeur me preffoit d'arracher;

Seigneur, à ma prudence il n'a pu le cacher.
Incertain du parti que votre amour va prendre ;
Devant votre rival je n'ôse vous l'apprendre :
Je dois vous dire au moins qu'en ce combat affreux,
Contre un sang Espagnol vous vous armez tous deux.

PIZARRE.

Ah ! le reste m'allarme, & ton jufte filence.....

ZÉLISKAR.

Hé ! que m'importe à moi cette foible alliance ?
Nourri loin des parens qui m'ont donné le jour,
Ma famille eft aux lieux où je trouve l'amour !
Ce bois eft ma Patrie, & la femme étrangère
Qui m'inftruit aux vertus, ma véritable mère.
Pizarre, eft-ce à ma haine un affez fort lien
Que ce nom d'Espagnol ou de Conçitoyen ?
Avant que j'euffe appris à craindre mon femblable,
Tout homme eût à mes yeux un titre refpectable.
Tu m'as ôté ce cœur fimple & fait pour aimer ;
Des paffions du tien tu fçus l'envenimer.
Tes mœurs me font haïr le lieu de ma naiffance ;
Doit-il un feul moment balancer ma vengeance ?

PIZARRE.

Non. Mais il eft des nœuds plus étroits & plus faints,
Des nœuds faits pour lier les plus cruels humains,
Qu'en gémiffant moi-même il faut que je révère.

ZÉLISKAR.

Des nœuds ! Que me dit-il ? Et quel foupçon m'éclaire !

E iij

Eſt-ce un crime , en effet , qui puiſſe détourner...
Je dois le croire horrible. — Il a pu t'étonner.

P I Z A R R E.

A frémir pour toi-même il vient de te contraindre.

Z É L I S K A R.

Oui , j'ai cru l'entrevoir ; c'eſt aſſez pour le craindre.
Mais qu'on achève, au moins; qu'on dévoile à nos yeux...

P I Z A R R E, *à Fernandez.*

Garde-toi.....

Z É L I S K A R.
Je l'exige.

P I Z A R R E.

Ote-moi donc mes feux,
Ote-moi mon amour que cet obſtacle irrite ,
Et dont j'attends l'arrêt pour régler ma conduite. —
Zéliskar , du combat entre nous ſuſpendu ,
L'inſtant pour deux rivaux peut n'être point perdu.
Déſeſpéré , jaloux , cherchant à me connoitre ,
D'un crime encor douteux trop allarmé peut-être ,
De toute incertitude il le faut dégager.
Laiſſe-moi voir ce Chef qu'on vient d'interroger.
Sur ce qu'il m'apprendra , quelqu'avis que je ſuive ,
Je ne quitterai point cette fatale rive
Sans te le propoſer , ſans laiſſer à ton choix
Le droit de me combattre ou d'accepter mes Loix.

Z É L I S K A R.

Cruel, à ce ce délai s'il faut que je conſente,

Promets-tu?...

PIZARRE.

Je le jure, & déjà ton amante
Dans la main de mes Chefs, garans de mon honheur;
N'eſt qu'un dépôt ſacré qu'ils gardent au vainqueur.—
Vous répondrez, amis, des Loix où je m'engage.

ZÉLISKAR.

Va, l'amour d'Azélie eſt mon plus noble gage.
Son cœur n'eſt pas un bien qu'ils puiſſent te garder.—
Mais un avis ſecret a ſçu me décider,
Je le tiens des vertus, — va méditer des crimes.

PIZARRE.

Si l'amour les ordonne, ils ſeront légitimes.
Triomphe, juſques-là; mais tremble. Je prévoi
Qu'à l'abîme où je cours je t'entraîne avec moi.
(*Il ſort avec tous ſes Eſpagnols.*)

SCENE VI.

PÉRUVIENS, ZÉLISKAR.

ZÉLISKAR.

MON doute augmente encore à cet adieu funeſte.
Qu'allez-vous me preſcrire, ô vertu que j'atteſte?
Je raſſemble, en tremblant, dans mes eſprits frappés,
Quelques mots à ma mère, à Pizarre échappés.

Tantôt lorfqu'à mes yeux fon fort vint le conduire ;
Sur le deftin d'un frère il cherchoit à s'inftruire,
Et fi j'en crois Zuma, dans nos propres Tyrans,
Ce Chef qu'ils font parler a connu mes parens.
Ciel, veux-tu que je perde, en me donnant un frère,
Jufqu'au droit de haïr un rival fanguinaire ? —
Mais qu'entreprendre, hélas ! fi c'eft un nom fi doux
Qui de ce rival même a fufpendu les coups ?
D'un cœur, malgré fa flâme, aux droits du fang fidèle,
Etoit-ce à ce barbare à m'offrir le modèle ? —
Hé bien ! quoi qu'il en foit, j'ai vu trembler fon bras...
Et l'innocence au moins ne balancera pas,
Allons, fa voix me parle, il faut que j'y réponde. —
       (*Aux Péruviens.*)
Amis, dans ces rochers, une enceinte profonde,
Contre les Efpagnols peu faits à leurs détours,
Par mes foins, avant tout doit affurer vos jours ;
De là, fur vos périls libre d'inquiétude,
J'irai de mes deftins fixer l'incertitude.
Quel que foit mon projet, je vous donne ma foi
De ne point en former, s'il n'eft digne de moi ;
S'il ne part d'un cœur pur, — mais ferme, magnanime,
Incapable à la fois de foibleffe & de crime.

Fin du quatrième Acte.

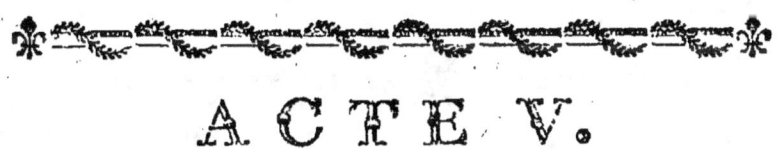

ACTE V.

SCENE PREMIERE.

PIZARRE, ESPAGNOLS, SOLDATS.

PIZARRE.

(Accablé & se recueillant en lui-même.)

AINSI tout me dévoile un secret dangereux
Qu'ignore encor Zuma , qui nuit à tous mes vœux;
Mon rival est mon frère , & sa haine couverte
Me cache ici les bras qu'il excite à ma perte !

(Aux Espagnols.)

Soldats , que vos regards, sur leurs complots ouverts,
Parcourent les rochers & la rive des mers ;
Qu'on observe avec soin la mère d'Azélie :
Mais que la liberté ne lui soit plus ravie.
Libre, vous la verrez se chercher un vengeur,
Porter vers Zéliskar ses pas & sa fureur,
Et dans cette contrée, à nos yeux étrangère,
Découvrir la retraite où s'arme encor mon frère.
Vous , qu'on la suive. Allez.

(Les Espagnols sortent.)

S C E N E II.

PIZARRE, *seul.*

D A N s ces malheurs nouveaux
J'ai peine à porter seul tout le poids de mes maux.

S C E N E III.

PIZARRE, FERNANDEZ.

(*Fernandez accourt avec empressement.*)

P I Z A R R E.

A M I, quel est ton trouble! & que viens-tu m'apprendre?

F E R N A N D E Z.

Entre vos mains, Seigneur, Zéliskar vient se rendre.

P I Z A R R E.

Lui?

F E R N A N D E Z.

Seul & sans témoins, il demande à vous voir.

P I Z A R R E.

Tous mes vœux sont remplis, s'il est en mon pouvoir.
Mais, quoi! ne sçais-tu rien du dessein qui l'amène?

FERNANDEZ.

Mes regards dans les siens n'ont bien lu que sa haîne :
Mais quoiqu'un grand projet semble ici l'attirer,
Seigneur, en ma présence il vient de déclarer
Qu'il dégage vos Chefs du serment qui les lie,
Et veut, sans vous combattre, obtenir Azélie.
Vous, songez cependant, qu'en ces nouveaux climats
Mille ennemis cachés environnent vos pas :
Zuma même, Zuma de nos fers délivrée,
Peut échapper aux yeux de sa suite égarée.
Craignez des assassins, dont la flèche & les coups,
A toute heure imprévus peuvent tomber sur vous.

PIZARRE.

Ah ! le soin de mes jours peut-il toucher mon âme ?—
Las d'accorder en vain la Nature & ma flâme,
Je ne suis plus frappé que du partage affreux
Qu'entre mon frère & moi fit le courroux des Cieux.
Quel contraste en deux cœurs qu'un même sang anime !
D'un côté l'innocence, & de l'autre le crime !
Hélas ! près de l'objet qui conserva ses jours,
Un soleil toujours pur éclairoit ses amours.
Heureux dans un désert, aimé, digne de l'être,
Il vivoit sans esclave & n'avoit point de maître.
Et moi, quel fut mon sort dans ce triste Univers ?
Vagabond, sans Patrie, errant de mers en mers,
Ministre du malheur, noir objet de vengeance,
La haîne des humains poursuit mon existence.
Du faux nom de vainqueur quand j'ôse me parer,

Le nom d'homme eſt un titre où je n'ôſe aſpirer.

L'amour, l'amour échappe à mon pouvoir ſuprême.—

Hé, qui pourroit m'aimer, quand je me hais moi-même?

(*Après quelques inſtans d'une réflexion marquée.*)

Ecoutez, Fernandez : préparez mes vaiſſeaux

A quitter ce rivage, à vôler ſur les eaux.

Je verrai Zéliskar; qu'il vienne en ma préſence.

De ſon ſort & du mien j'ai fixé la balance.

Mes ſermens déliés l'enchaînent à mes vœux.

Qu'il vienne.

(*Fernandez ſort.*)

SCENE IV.

PIZARRE, *ſeul.*

CE moment doit coûter à tous deux.

Partons : briſons des fers dont le poids m'humilie.

Zéliskar me ſuivra loin des yeux d'Azélie.

Oui, faire à ſes rivaux partager ſa douleur,

Pour qui n'a plus d'eſpoir eſt encore un bonheur.

Que perdrai-je, après tout ? un objet qui m'abhorre,

Que ſa mère eût rempli du fiel qui la dévore,

Et qui dans l'abandon va du moins à ſon tour

Me payer les ſoupirs que m'a coûtés l'amour.—

Mais mon rival ſur moi prendroit trop d'avantage;

S'il ſçavoit dans quels nœuds notre ſang nous engage :

Cachons lui... Je le vois.— Amour, ſans ta fureur,

C'eſt lui ſeul que pour frère eût demandé mon cœur.

SCENE V.

PIZARRE, ZÉLISKAR.

ZÉLISKAR.

Pizarre, à mon aspect, d'où naissent tes allarmes?
Ose m'envisager. Je suis seul & sans armes.
Ces sermens que la haine entre nous fit prêter,
Soit méprise, ou raison, je n'en puis profiter:
Je te les rends.— Je cède à la toute-puissance
D'un Dieu dont les avis condamnent ma vengeance;
Qui par-tout sur mes pas attachant le malheur,
Même à l'ombre du crime a sçu fermer mon cœur.—
C'est m'expliquer assez, & sur ce qui me touche
Je viens entendre ici mon arrêt de ta bouche.
Ta réponse, en un mot, va décider mon sort.

PIZARRE.

Ecoute & d'un rival ôse imiter l'effort.
Sur mes pas désormais la fortune t'appelle.
Pour tes destins nouveaux prends une âme nouvelle.
Il est tems d'écarter l'obstacle injurieux
Qu'à ta gloire captive opposerent les Cieux.
Cesse au milieu des bois d'ensevelir ta vie.
Immolons tous les deux l'amour à la Patrie.
L'Espagne nous demande & mes vaisseaux tout prêts...

ZÉLISKAR.

Européen jaloux, voilà donc tes projets!

Tu veux en étouffant ta flâme illégitime
T'affocier du moins quelque trifte victime ;
Et par ce facrifice entre nous inégal,
Te ménager un bien dans les maux d'un rival. —
D'un rival ! — ah ! le Ciel dans le cœur de Pizarre
Ne m'a-t-il point donné de titre moins barbare ?
Que fert de t'en cacher ? Tu fens trop quels aveux,
Quel droit fur tes remords follicitent mes vœux.
J'en eus un plus facré, puifqu'il fut volontaire.
Contemple ces forêts, vois ce jour qui t'éclaire :
Ces forêts & ce jour témoins de tes douleurs
Par ma main bienfaifante ont vu fécher tes pleurs.
C'eft ici qu'à ta plainte ouvrant un cœur facile
L'indulgente pitié vint t'offrir un afyle.
De la fimple Natúre élève obéïffant,
Je n'ai pas eu befoin d'un titre plus puiffant,
Pour vaincre en ta faveur les foupçons d'une mère,
Pour te traiter en homme — & t'accueillir en frère...
(Pizarre femble vouloir s'éloigner & lutter contre
l'attendriffement qu'il éprouve.</i>)</center>

P I Z A R R E.
Arrête... épargne-moi...
Z É L I S K A R.
(L'arrêtant avec beaucoup de chaleur.)
Tu m'évites en vain.
Cette heure, ce moment doit fixer mon deftin.
Je lis, malgré toi-même, en tes douleurs muettes
Du fang qui m'a parlé d'éloquens interprètes.
Non. Je n'embraffois point une frivole erreur :

Grands Dieux, vous m'inspiriez : achevez mon bonheur.
Pizarre, en te rendant, ah ! garde-toi de croire
Que mes tourmens passés vivront dans ma mémoire.
Va, ce cœur qu'à gémir toi seul as condamné,
Est plus sensible encor qu'il n'est infortuné.
J'obtiendrai de ta bouche un nom qui nous allie,
A mes vœux, à mes pleurs tu rendras Azélie ;
Hélas ! pour prix des maux que tu m'as fait souffrir,
Je ne veux que le droit de pouvoir te chérir.

PIZARRE.

Ah ! que demandes-tu ?

ZÉLISKAR.

Que l'amitié m'obtienne
Ce que déja peut-être eût arraché ma haine.

PIZARRE.

Tu naquis Espagnol : tu m'as rendu ma foi,
Et ton sort désormais ne dépend....

ZÉLISKAR.

(Reprenant tout à coup sa fierté.)

Que de moi,
Ingrat ! ta dureté m'a rendu mon audace.
Pensois-tu qu'un rival vînt te demander grâce ?

(A voix basse, & dans les yeux de Pizarre.)

Si je disois un mot ; au moindre de mes cris
Je t'envelopperois d'un torrent d'ennemis.

PIZARRE.

Tu crois m'épouvanter, ton courroux me soulage :
D'une pitié pénible enfin il me dégage.
Que tes vengeurs sur moi réunissent leurs coups,

Seul, & mieux que tes pleurs, je les combattrai tous.
Pour s'oppofer fans crainte à leur fureur trompée
Dans la main de Pizarre il ne faut qu'une épée.

      (*Il met l'épée à la main.*)

Qu'ils paroiffent !

Z É L I S K A R.

      Demeure, infenfible mortel :
Connois un fentiment plus fier & moins cruel
Que l'aveugle valeur dont ton orgueil fe pare. —
En me jugeant par toi, tu te trompes, Pizarre.
Mon exemple aux vertus eût dû te ramener ;
Ton exemple aux forfaits ne pourra m'entraîner.
Je ne me déments point. L'horreur du parricide
Eft le feul fentiment qui près de toi me guide ;
Le deftin qui s'applique à combler mes revers
M'y preffe entre le crime & la mort & les fers :
Les fers m'aviliroient. Le crime eft trop funefte.
Oferas-tu trahir l'efpoir feul qui me refte ?
Fidèle à mes devoirs, libre, exempt de remord,
Mon choix eft fait, cruel, & ce choix, c'eft la mort.
Frappe.

P I Z A R R E.

    Moi !

Z É L I S K A R.

      Perce un fein qu'attendrirent tes peines.
Que mon fang répandu par tes mains inhumaines
S'élève pour jamais entre Azélie & toi.
Elle avoûra ce cœur digne en tout de fa foi ;
Qui, fe trompant peut-être au bruit de la Nature,

                Aime

Aime encor mieux mourir que d'en rifquer l'injure ;
Et toujours intrépide autant que vertueux ,
S'immole à l'innocence & non pas à tes feux.
Frappe , dis-je.

PIZARRE, *à part.*

O mon fang ! ô vertu que j'outrage !

ZÉLISKAR.

Tu frémis ; de ce fer arme au moins mon courage.

(*Il veut faifir l'épée que tient Pizarre.*)

Donne , mon bras plus ferme...

PIZARRE.

Ah ! je ne puis fouffrir...

ZÉLISKAR.

Traître, aurois-je perdu jufqu'au droit de mourir?

PIZARRE.

Zéliskar !

ZÉLISKAR.

(*Il fait de nouveaux efforts pour fe faifir de l'épée.*)

Laiffe-moi.

PIZARRE.

(*La dégageant de fes mains & la jetant loin de lui.*)

Cruel ! qu'ofes-tu faire ?

Veux-tu donc t'immoler dans les bras de ton frère ?

ZÉLISKAR.

De mon frère ! ah! ce nom pour moi plein de douceur,
Eft-ce enfin le remords qui l'arrache à ton cœur?

PIZARRE.

Eh ! peux-tu t'y méprendre au trouble de mon âme,
Au prix que cet aveu doit coûter à ma flâme ?

F

Nature! ah! je fens trop à mes émotions,
Que tes droits font plus forts que ceux des paffions.
Remplace un fentiment que je te facrifie.
Rends-moi ce que je perds en perdant Azélie ,—
Mon frère ; oui , je me rends ; mais fans vouloir penfer
Que jamais tant d'erreurs fe puiffent effacer. —
Quoi , tes regards fur moi s'arrêtent fans colère !
Tu preffes de tes mains cette main meurtrière ,
Qui cent fois , fi le Ciel n'eût trompé mon deffein ,
Prête à t'affaffiner.

ZÉLISKAR.

Jette-toi dans mon fein.
Embraffons-nous, mon frère; oublions tant d'allarmes.
Que ton crime & mes maux fe perdent dans nos larmes.

PIZARRE.

Ils feront réparés. Je cours dans ces forêts
Donner de toutes parts le fignal de la paix.
Toi , cherche ici Zuma. Défarme fa colère.
Ce cœur qui fe déchire enfin pourra lui plaire ;
L'ombre de fon époux , fatisfaite à ce prix ,
Perdra la foif d'un fang qui m'attache à fon fils.

SCENE VI.

ZÉLISKAR, *feul.*

AH ! je puis refpirer : je ne fens plus la haine.
(*Azélie arrive par un chemin contraire que Pizarre a pris
en fortant.*)
Azélie , eft-ce toi ?

SCENE VII.

ZÉLISKAR, AZÉLIE.

AZÉLIE.

C'EST le Ciel qui m'amène ;
Viens te joindre à ma mère : elle a brisé mes fers.

ZÉLISKAR.

Dieux ! quel est son dessein ?

AZÉLIE.

Dans l'horreur des déserts
Vers tes braves amis se frayant un passage,
Zuma de nos tyrans à sçu tromper la rage,
Et bientôt....:.

ZÉLISKAR.

Juste Ciel, qu'ôses-tu m'annoncer ?
A la vengeance, enfin, Zuma doit renoncer.
Ce jour, qui tant de fois ralluma sa colère,
Ce jour souillé d'horreurs n'est plus qu'un jour prospère.

AZÉLIE.

Quoi ! Pizarre.....

ZÉLISKAR.

Ecartons nos craintes, nos tourmens.
Ta mère oubliera tout dans nos embrassemens.
J'ai mis en liberté ma tendresse & la tienne,
Pizarre aux droits du sang a fait céder la sienne ;

F ij

Pardonne lui. Qu'un frère. . . . .

(*On entend un bruit confus.*)

Ah! qu'entends-je? & quels cris;
Quels lugubres accens ont frappé mes elprits?

SCENE VIII.

ZUMA, PIZARRE derrière le Théâtre.
AZÉLIE, ZÉLISKAR, fur la Scène.

PIZARRE.

QUE faites-vous, Zuma?

ZUMA.

Tyran, fois ma victime:
Reconnois fous mes coups un Dieu vengeur du crime.

ZÉLISKAR.

Courant du côté ou Zuma fe fait entendre.)
Ma mère, ah! fufpendez. . . . .

SCENE IX.

AZÉLIE, ZUMA, ZÉLISKAR, PÉRUVIENS.

*(Zuma s'avance, un arc en main, à la tête des Sauvages :
ils sont comme elle armés d'arcs & de flèches. Elle
paroit sur le même rocher où Pizarre la fit amener au
quatrieme Acte.)*

ZUMA.

AMIS, suivez mes pas.
D'un odieux vainqueur j'ai purgé nos climats.
Enfans de ces rochers, habitez-les sans crainte.
  (La Scène & les rochers se peuplent de Sauvages.)
C'est au pied de ces monts, dans cette même enceinte
Que l'injuste ennemi dont je verse le sang,
Fit approcher le glaive & la mort de mon flanc.
Les Dieux, pour le punir d'une action si noire,
Font de mon échafaut un Théâtre à ma gloire.

ZÉLISKAR, *à part.*

De quels tourmens pour moi leurs bienfaits sont suivis !
*(Zuma descend du rocher pendant ce dernier vers, &
s'avance vers ses enfans.)*

ZUMA.

Revenez dans mes bras, ô ma fille ! ô mon fils ! —
Il est près de la côte un Réduit dont l'entrée

Eſt des rayons du jour, des tyrans ignorée ;
Là , j'ai de nos amis armé le bras vengeur.
Nous accourions.— J'ai vu, j'ai percé l'oppreſſeur. —
Il vôloit à mes traits.

ZÉLISKAR.

Ah ! Zuma !

Z U M A.

Quoi ! vos larmes,
Du plus beau des momens troublent encor les charmes!
Tu trembles , Zéliskar : tes revers t'ont inſtruit.
Par l'eſpoir du bonheur tu crains d'être ſéduit.
Viens, crois-en tes regards , j'ai le double avantage
De venger mon époux , de laver ton outrage ;
Vois ces lieux teints de ſang;va contempler mes coups.
Ton intérêt , mon fils , arma bien mon courroux.

ZÉLISKAR, *à part.*

Zuma !— Dois-je éclaircir ſa tendreſſe inhumaine ?

Z U M A.

Ah ! juſqu'à nous encor ce malheureux ſe traîne !
Qui peut , en le voyant , étonner ma fureur ?

SCENE X & *derniere.*

AZÉLIE, ZUMA, PIZARRE, ZÉLISKAR , FERNANDEZ, PÉRUVIENS, ESPAGNOLS.

PIZARRE.

MERE cruelle , approche , & connois ton erreur.
Le Ciel, dont mes forfaits ont laſſé l'indulgence,

Sur mon lent repentir a porté sa vengeance.
Je fléchis sous sa loi : le murmure & l'orgueil
N'accompagnent plus l'homme aux portes du cercueil.
S'il eût sauvé mes jours (c'est ce Ciel que j'attefte)
J'allois à ton repos en employer le refte :
Vaincu par la Nature & de l'amour vainqueur,
Je vôlois dans tes bras, quand tu perças mon cœur.
Zéliskar, c'est à toi d'adoucir ma mifere;
Viens, à fes yeux encor, viens reconnoitre un frère.

Z U M A.

Dieux! fon frère!

P I Z A R R E.

Oui; lui-même; oui, le Chef de ces lieux
Dans un jour de terreur l'éloigna de nos yeux.
Sur ces mêmes climats entaffant leurs victimes,
Mes mains, jeunes alors, s'accoutumoient aux crimes;
Le fort m'y préparoit dès ce fatal moment
Par la main la plus foible un jufte châtiment.

Z U M A.

Ah! de quels yeux, mon fils, dois-tu revoir ta mère!

P I Z A R R E, *avec action à Zéliskar.*

Pardonne lui les coups dont va mourir ton frère. —
(*A fa fuite.*)
Vous, qui ferviez ma rage & voyez mon trépas,
Efpagnols, loin d'ici précipitez vos pas.
Ne troublez plus la paix qu'on goûte en ces afyles;
Le Ciel y veut des cœurs innocens & tranquiles.
(*A Zéliskar.*)
Toi, près de ces objets fi bienfaifans, fi chers,

Coule des jours heureux au fond de ces déserts.
Ne les quitte jamais.— C'eft-là que la Nature
Ofe élever encore une voix libre & pure ;
Et de fes premiers traits confervant la candeur,
Aux limites du monde a placé le bonheur. —
J'expire.— Heureux du moins dans le fort qui m'opprime,
Que mon dernier foupir ne foit pas pour le crime !

FIN.

APPROBATION.

J'ai lu par ordre de M. le Lieutenant-Général de Police,
Zuma, Tragédie, & je n'y ai rien trouvé qui m'ait paru devoir
en empêcher & la repréfentation & l'impreffion. A Paris ce 28
Mars 1776, CRÉBILLON.

Vu l'Approbation, permis de repréfenter & d'imprimer, ce 5
Avril 1776, ALBERT.

De l'Imprimerie de CAILLEAU, rue Saint-Severin.

www.ingramcontent.com/pod-product-compliance
Lightning Source LLC
Chambersburg PA
CBHW060443260626
47161CB00005B/2051